Bruno Stort

Ueber das Sarkom und seine Metastasen

Antigonos

Bruno Stort

Ueber das Sarkom und seine Metastasen

Unveränderter Nachdruck der Originalausgabe von 1877.

1. Auflage 2024 | ISBN: 978-3-38635-102-7

Antigonos Verlag ist ein Imprint der Outlook Verlagsgesellschaft mbH.

Verlag: Outlook Verlag GmbH, Zeilweg 11, 60439 Frankfurt, Deutschland
Vertretungsberechtigt: E. Roepke, Zeilweg 44, 60439 Frankfurt, Deutschland
Druck: Libri Plureos GmbH, Friedensallee 273, 22763 Hamburg, Deutschland

Ueber das
Sarkom und seine Metastasen.

INAUGURAL-DISSERTATION,

WELCHE

ZUR ERLANGUNG DER DOCTORWÜRDE

IN DER

MEDICIN UND CHIRURGIE

MIT ZUSTIMMUNG

DER MEDICINISCHEN FACULTÄT

DER

FRIEDRICH-WILHELMS-UNIVERSITÄT ZU BERLIN

am 11. October 1877

NEBST DEN ANGEFÜGTEN THESEN

ÖFFENTLICH VERTHEIDIGEN WIRD

DER VERFASSER

Bruno Stort

aus Berlin.

OPPONENTEN:

Max Hrabowski, Dr. med., pract. Arzt.
Joseph Goliner, Dr. med.
Ernst Meissen, Dr. med.

BERLIN.

Buchdruckerei von Gustav Schade (Otto Francke).

Linienstr. 158.

Herrn

Dr. Fedor Jagor

in dankbarer Verehrung

gewidmet

vom

Verfasser.

Man hat lange Zeit die Bedeutung der bösartigen Geschwülste verkannt, indem man sie für ein so eingewurzeltes Uebel hielt, dass man sich selbst von ihrer Exstirpation keinen bleibenden Erfolg versprach, andererseits eine Classe von ihnen, die Sarkome, theilweise nicht zu ihnen rechnete, und darum die Operation unterliess, bis man durch üble Erfahrungen auf ihren Charakter aufmerksam gemacht wurde. Beide Ansichten beruhten auf einer ungenauen Erkenntniss ihres Wesens; und dass diese Erkenntniss so lange verborgen bleiben konnte, liefert einen bemerkenswerthen Beleg dafür, wieviel darauf ankommt, wie man etwas thut, und welchen Werth eine wirklich wissenschaftliche Methode hat; denn das Unvermögen, die über die bösartigen Geschwülste gesammelten einzelnen Erfahrungen zu ordnen wegen Mangels einer wissenschaftlichen Classification, war es hauptsächlich, das diese Unklarheit so lange bestehen lassen konnte. Es gab zwar eine Classification der Geschwülste; doch war ihre Nomenclatur den gröbsten Aeusserlichkeiten entlehnt, so dass diese willkürlichen Namen, die keine innerliche Lebensfähigkeit hatten, entweder ganz oder ihrer Bedeutung nach vergessen und ihnen andere Begriffe untergeschoben wurden, wobei besonders das jeweilige praktische Bedürfniss massgebend sein sollte, als ob eine gesunde Praxis ohne Theorie sein könnte, und umgekehrt eine richtige Theorie die Praxis nicht allein berechtigte. Es lag eben an der an Aeusserlichkeiten haftenden und nicht auf das Wesen der Geschwülste eingehenden Classification, die einen Fortschritt im Wissen hemmte. Das Wesen einer Sache zeigt sich aber am deutlichsten in ihrer Genesis, und da uns die Physiologie in Bezug auf die Geschwülste bis jetzt noch im Stich lässt, so müssen wir uns an die anatomisch-genetische Methode halten. Diese hat zuerst Virchow mit dem überraschendsten Erfolge als Gesichtspunkt für die Classification aufgestellt. Bei keiner Geschwulstart hat sie aber so viel Licht in die Verwirrung gebracht als bei den Sarkomen. Durch sie stellte er den vorher unbestimmten bald engeren bald weiteren Begriff der Sarkome fest, und erklärte sie als: „eine Formation, deren Gewebe der allgemeinen Gruppe nach der Bindesubstanzreihe angehört, und die sich von den Species der bindegewebigen Gruppen nur durch die vorwiegende Entwickelung der zelligen Elemente unterscheidet." Er unterschied sechs Varietäten, denen er die verschiedenen Muttergewebe (matrices) der Geschwulstelemente zu Grunde legte: 1. Sarcoma fibrosum, Fibrosarcoma, Fasersarkom 2. Sarcoma mucosum s. gelatinosum. s. colloides, Myxosarcoma, Schleimsarkom, 3. Sarcoma gliosum, Gliosarcoma. 4. Sarcoma melanoticum, Melanosarcoma, Pigmentsarkom. 5. Sarcoma cartilaginosum, Chondrosarcoma Knorpelsarkom. 6. Sarcoma osteoides, Osteosarcoma, Osteoidsarkom.

Da nun die frühere verschiedene Anschauungs-, Bezeichnungs- und Eintheilungsweise der Sarkome es besonders erschwert, sich aus der bisherigen Litteratur ein Bild über Malignität und Metastasenbildung bestehender Sarkome zu machen, so dürfte es von einigem Interesse sein, einmal eine von obigem einheitlichen Standpunkte und mit der Garantie für Genauigkeit beobachtete grössere Anzahl von Fällen dieser Art zusammenzustellen, und daraus sich ein Urtheil über Malignität und Metastasenbildung und damit über praktische Bedeutung und Prognose der verschiedenen Sarkome zu bilden.

Verfasser stellte dazu im Folgenden sämmtliche in den 17 Jahren von 1859 — 1875 im hiesigen pathologischen Institute zur Section gekommenen Fälle von Sarkom zusammen. Da es sich aus dieser Zusammenstellung ergab, dass die Bedeutung der Sarkome von drei Momenten, nämlich von dem Orte ihrer Entstehung, von ihrer Art und von der Metastasenbildung abhängig ist, so war es am natürlichsten, die gesammelten Fälle nach der Reihenfolge dieser Gesichtspunkte zu betrachten.

1. **1859.** 30. III. Mann, 57 Jahre alt. Sarcoma medullare in der Lumbalgegend des Rückens. Caries der XII. Rippe operirt. Peritonitis.
2. 4. IV. M. —. Sarcoma medullare recidivum tarsi sinistri. Metastasen in den Inguinaldrüsen. Medullarsarkom im vorderen Mediastinum. Totalsynechie, Metastasen der linken Pleura und linken

Lunge. Cavernöse Geschwulst der Leber. Krebs des Diaphragma.

3. 19. IV. Weib, Alter? Osteosarcomata claviculae, sterni, costarum plurium, ossis ilei et sacri. Amputation am rechten Oberarm. Sarkom der ossa parietalia, mehrerer Lendenwirbel.

4. 15. VI. M. 53. Cystosarcoma scroti nach Exstirpation des Hodens. Cystosarcom der Lungen. Tuberculose mit grossen Cavernen.

5. **1860.** 13. VI. M. —. Sarcoma cerebri lobi occipitalis mit Cyste.

6. 14. VIII. W. 46. Sarcoma cerebri hämorrhagicum lobi sin. inferioris.

7. 5. IX. M. 33. Sarcoma cerebri lobi d. medii.

8. 4. X. W. 53. Sarcoma myocardii (der Herzwand der rechten Seite). Frische Pericarditis, chronische Endocard.

9. 26. X. W. 51. Sarcoma durae matris spinalis cervicalis.

10. **1861.** 4. I. M. —. Sarcoma maxillae inferioris et glandularum colli profundarum. Sarcomatöse Wucherung vom rechten Ganglion Gasseri bis in die Augenhöhle.

11. 9. II. M. —. Osteosarcomata orbitae ossium parietalium, am obern Ende beider humeri, des manubrium sterni, costarum, des os cubitale. — Sarcomata pulmonum.

12. 25. XI. M. 23. Sarcoma medullare ventriculi dextri cerebri.

13. 4. XII. W. 47. Cystosarc. ovarii utriusque. Kleine

Krebsknoten in der ganzen Serosa besonders im kleinen Becken, im Zwerchfell, Perforation des Coecums.

14. **1862.** 5. III. ?? Sarcoma pedunculi sin. cerebri.

15. 18. VI. W. 37. Sarc. hemisphaerae sin. cerebelli (basis).

16. 4. VIII. W. 57. Cystosarc. ovarii dextri.

17. 16. IX. W. —. Sarc. cerebri (Basis).

18. 3. X. M. 23. Fibrosarc. thalami dextri.

19. 12. X. M. —. Sarcomata myocardii besonders rechts (Syphilis?)

20. **1863.** 7. I. M. —. Osteosarc. femoris d., Sarkomknoten der Lunge.

21. 24. VI. ? 37. Sarc. hemisphaerae dextrae cerebri.

22. 29. X. W. —. Lymphosarc. mediastini postici. Sarc. d. Lungen.

23. **1864.** 1. II. M. —. Osteosarc. sterni et mediastini antic. Verjauchung in der linken Achselhöhle.

24. 19. XI. W. —. Sarc. caudae equinae et partis inferioris medullae spin. ex arachnoide evolutus.

25. 20. XII. W. —. Myxosarc. lobi front. d. cerebri.

26. **1865.** 29. VI. M. 24. Lymphosarc. colli. Lymphosarc. lumbalia. Degeneratio amyloides.

27. 2. XII. W. —. Cystosarc. ovarii partialis gangränescens communicans cum recto.

28. 18. XII. W. 43. Sarc. melanotica bulbi sin. Melanosis gland. colli. oesophagi, bronchialium, cordis, pulmonum, hepatis.

29. **1866.** 15. I. W. 34. Sarc. piae matris corticalis psammomatosum. (Sectio caesarea postmortalis.)

30. 26. I. W. 37. Lymphosarc. colli, mediastini, gl. axillar., retroperitoneal. inguinal. dextr. Lymphosarc. lienis. Amyloid.

31. 8. V. M. 52. Sarc. melanodes oculi dextri. Metastases: cordis, pleurarum, hepatis, vesicae felleae, renum, gland. suprarenal., testium, ventriculi, multipl.: intestini ilei, pancreatis.

32. 14. V. M. 35. Cystosarc. haemorrhagicum corporis striati.

33. 6. VI. M. 46. Sarc. piae matris basilaris.

34. 18. VI. W. 24. Sarc. melanotic. oculi sin. Tumores sarcomatosi praethoracici, pleurae sin., pulmonum, hepatis. Exstirpatio oculi sin.

35. 29. VI. W. 57. Sarcomata calvariae et baseos cranii, costae dextrae III, corporis vertebrae lumbal. III, ossis ilei dextri.

36. 10. VII. W. 44. Gliosarc. haemorrh. cerebri dextri (mit Schleimcyste). Cysticerci.

37. 8. IX. M. 44. Lymphosarc. mediastini et gland. thyreoideae, lymphadenitis cervicalis et mediastini et epigastrica sarcomatosa. Thymus conservata. Pleuritis lymphatica. Lymphosarc. hepatis.

38. 21. X. W. —. Gliosarcoma cerebri.

39. **1867.** 10. I. W. 67. Gliosarc. orbitae d. (exstirpatum) mit Zerstörung der pars horizontalis ossis frontis des os zygomaticum und des rechten Oberkiefers. Sarc. metastatica cutis, permagna hepatis.

40. 19. II. W. —. Sarc. medullare uteri.

41. 2. III. W. 58. Sarc. subcutanea, cordis, glandulae thyreoideae, pleuritis sarcomatosa, sarcomata pul-

monum, vesicae urinariae, renum gland. suprarenal. Sarcoma exulceratum colli uteri, sarc. ventriculi et intestini.

42. 8. VII. M. 25. Osteo-cysto-myo-fibrosarc. humeri. Sarc. pulmonum.

43. 15. X. W. —. Sarc. ulcerata cutis. Lymphadenitis inguinal. sarcomatosa.

44. 2. XII. M. 32. Lymphosarc. colli et mediastini, gl. thyreoideae, pulmonum, pleurae.

45. **1868.** 17. I. M. 40. Sarc. melanoticum bulbi dextri (Exstirpatio bulbi d.). Sarc. melanotica cutis, telae subcutaneae, musculorum, ossium, cordis, gl. thyreoideae, gl. lymphatic. inguinal., pulmonum, pleurarum; melanosis diffusa hepatis, melanosis vesicae felleae, hyperplasia lienis melanotica, melanosis renum, gl. suprarenal., vesicae urin., prostatae, peritonaei, intestini, pancreatis, durae matris, cerebri, medullae spinalis.

46. 17. I. W. —. Sarc. melanotica femoris d. sarc. melanotica ossium, cartilaginum, laryngis, cutis, cordis, gl. lymphatic., thyreoideae, vesicae felleae, renum, gl. suprarenal., labii maioris sin., ovarii, uteri, peritonaei, linguae, ventriculi, intestini, cerebri.

47. 7. II. W. 18. Lymphosarc. gl. pectoris et colli, corporum vertebrarum, gl. cervical., bronchial., mediastinal., epigastric., inguinal. retroperitonaeal., lumbal., pulmonum, lienis.

48. 25. II. M. 35. Lymphosarc. gl. mediast. et bronchial., cervical., inguinal., lumbal., lienis, hepatis.

49. 29. II. M. 19. Lymphosarc. permagnum mediastini

antici um das Pericardium, getrennter Schilddrüsen-
tumor, metastatische Eruptionen auf der innern
und äussern Seite des. sternum, der cervicalen,
bronchialen, epigastrischen, lumbalen, inguinalen
Lymphdrüsen, der pleura cost. sin. und diffuses
Lymphosarkom der Leber.

50. 7. IV. M. 64. Gliosarc. cystic. cerebri d.

51. 18. IV. M. 55. Sarc. femoris sin. Metastasen: ver-
tebra VIII, pulmones, hepar, pancreas.

52. 30. IV. W. —. Cystosarc. pericardii, metastases
pleurae, hepatis, lienis.

53. 11. V. W. 24. Cystosarc. piae matris spin. ausgehend von der seitlichen Wirbelfläche des Lenden-
theils in der Nähe der Aorta.

54. 18. VII. —. 63. Sarc. fusicellulare regionis Ischii,
metastases vertebr. lumbalium.

55. 3. VIII. M. 31. Gliosarc. thalami et corporis striati.
haemorrhagie. (Trauma?)

56. 24. IX. M. —. Sarc. melanotic. oculi d. Exstirpatio
oculi. sarcomata melanotica gl. thyreoideae, pulmonum, hepatis, lienis, prostatae, omenti, gl. pe-
riton. et pelvis, ventriculi, pancreatis.

57. 1869. 14. I. M. —. Lymphosarc. tonsillae d. mit
Ulceration, Eruption der Nachbartheile — Secun-
däre Erkrankung der benachbarten Lymphdrüsen. —
Fortgesetzte zum Theil medulläre Erkrankung der
Cervical-, Axillar-, Mesenterial-, Inguinaldrüsen, der
thyreoidea. Metastasen der Lungen, der Nieren,
Lymphosarc. tonsillarum, palati mollis, linguae
ulcerosum; Metastasen des Magens, des Perito-

naeums, sehr ausgedehnte zum Theil gürtelförmige des Darms.

58. 26. I. M. 32. Lymphosarc. medullare gl. colli mit frischer Infiltration des Pharynx, der vorderen Halsmuskeln, ohne Veränderung der gl. thyr. des larynx der Trachea. Lymphosarc. gl. cervic., clavicul., axillar., bronch., mediast., mesenterial., retroperiton. inguinal. Follikelartige sarcom. Neubildungen der Leber.

59. 20. III. W. 38. Sarc. durae matris cerebri et medullae oblongatae.

60. 24. III. M. 28. Lymphosarc. mediastini antici mit Thrombose der Vv. cava superior, anonyma, jugular. interna, subclavia sin. Tumor s. mediast. pleurae, diaphragmatis sin. Metastases gl. retroperit.

61. 30. III. M. 31. Myxosarc. haemorrh. gelatinosum regionis renalis dorsi et renis sin. ulcerosa, nach im Februar voraufgegangener Exstirpation des testis wegen Sarkom. Metastases pulmonum, diaphragmatis sin.

62. 7. V M. —. Lymphosarc. mediastini.

63. 30. VI. W. 23. Gliosarc. cerebri.

64. 16. VIII. M. 62. Struma sarcomatosa cystica.

65. 2. XI. M. 13. Myxosarc. cystic. haemorrh. cerebelli.

66. 20. XII. M. 27. Sarc. parvicellulare maxillae superioris partis orbitalis, ossis ethmoidalis resecti, ossis frontis, in die Schädelhöhle unter der Dura sich fortsetzend, Perforation der Schädelbasis rechts.

67. **1870.** 11. IV. W. 51. Sarc. carcinomatodes uteri Endometritis sarcomatosa.

68. 12. IV. M. 67. Gliosarc. cystic. lobi anterioris cerebri.

69. 23. VI. M. 23. Lymphosarc. colli carcinomatosum ulcerosum. Tumores metast. multipl. ossium, musculorum; die Scaleni durchsetzt mit Knoten. Metastat. Knoten im Mark d. femur und d. Rippen, im femur, sternum und den Wirbelkörpern; in den axillaren und mediastinalen Drüsen; an der porta hepatis und im Parenchym, in den portalen Lymphdrüsen. Portale Lymphdrüsen der Nieren stark vergrössert mit homogener Geschwulstmasse infiltrirt.

70. 28. XII. W. 44. Myxosarc. telangiectodes cyst. ovarii d.

71. **1871.** 28. I. W. —. Sarc. haemorrh. periosteale osteoides tibiae sin. partis inferioris mit secundärer Affection des Marks und Erkrankung der Synovialis des Fussgelenks. Metastasen der Lunge.

72. 3. VII. M. 62. Gliosarc. fuso- et giganto-cellulare cerebri.

73. **1872.** 18. IV. M. 52. Sarc. cerebri.

74. 9. VI. M. 20. Sarc. lobi temporal. sin. cerebri.

75. 11. VI. M. 17. Sarc. medullare? mediastini tracheam et bronchum d. comprimens, ohne jede Metastase localer oder allgemeiner Art.

76. 28. X. M. 27. Myxosarc. lobulare cystic. lobi front. d. (grosse Stern-, Rund- und Riesenzellen).

77. 2. XI. M. 61. Fibrosarc. durae matris cerebri et cranii. compressio hemisphaerae magnae.

78. 2. XI. M. —. Sarc. teleangiectaticum cystic. lobi occipit. sin. cerebri.

79. **1873.** 25. I. M. —. Osteosarc. gigantocellulare femoris myelogenicum.
80. 14. V. W. 57. Sarc. vasculosum durae matris cerebro adhaerens. Compressio gyri primi frontal. Malacia alba centralis semiovalis.
81. 27. V. W. 50. Sarc. corticale hemisphaerae **d.** cerebri parvicellulare.
82. 27. V. W. 43. Sarc. carcinomatodes renis sin. Tumores metast. pulmonum; gl. portales hepatis sacromatosae, gl. lymphaticae retroperitoneal. et supraclaviculares sarc. Peritonitis retrouterina sarcomatosa.
83. 31. V. M. —. Myxosarc. retroperiton. haemorrh. reg. lumb. d. fusicellulare. Tumor pulmonis d. lobi infer. durch das Zwerchfell durchgebrochen. Dislocatio et compressio hepatis.
84. 5. VII. M. 11. Myxosarc. pontis Varolii. Compressio cerebri et piae matris.
85. 29. VII. W. 40. Sarc. globocellulare haemorrh. cystic. abdominale von der Fascie der Bauchwand ausgehend.
86. 25. XI. M. 32. Lymphosarc. gl. inguin. et retroperitonealium.
87. **1874.** Jan. Nr. 3. W. 52. Osteosarcoma vertebrae X, tumor mammae sin.
88. Jan. Nr. 31. W. 27. Myxosarc. cerebelli.
89. 17. II. M. 34. Fibrosarc. carcinomatodes naso-pharyngeum perforans cavum cranii sin. et clivum Blumenbachii.
90. 27. VI. M. 23. Myxosarc. angiomatosum telan-

giectodes hämorrh. cystic. telae retroperiton. later. sin. metastases pulmonum hepatis, renis sin., gl. duodeni. Der Ureter erstreckt sich quer durch die Geschwulst, ist für die Sonde leicht durchgängig.

91. 3. XI. M. 43. Sarc. hämorrh. testiculi sin. Sarc. hämorrh. pendulum flexurae iliacae. Doppelseitige Cryptorchie mit Fehlen des rechten Hoden, faustgrosse Geschwulst, sarcomatöser hämorrhagischer Natur in der Gegend des linken suspendirt in der Nähe der Flexura iliaca. Reste von Hodensubstanz im Mesenterium dieser Geschwulst, ausgedehnte schieferige Färbung des Darms.

92. 1875. 16. I. M. 58. Sarc. haemorrh. multiplex cerebri.

93. 13. II. M. —. Sarc. encephaloid. telangiectat. haemorrh. scapulae. metastases ventriculi dextri cordis, pulmonum.

94. 28. IV. W. 42. Sacr. ulcerosum gangränosum thyreoid. Compressio tracheae. Tumor metastatic. pleurae pulmonal. d.

95. 5. VI. W. 38. Sarc. gl. cervical. et tracheal. vulnus ex operatione lateris d. colli, cicatrices sin. metastases pleurae et pulmonis utriusque et tracheae et columnae vertebralis.

96. 26. VIII. M. 26. Sarc. durae matris.

97. 4. X. M. —. Sarc. columnae vertebr. et costae II laterius sin et IV laterius d. et hepatis.

98. 8. X. Sarc. hemisphaerae sin.

99. 22 X. M. 58. Sarc. globocellulare medullae spin. et medullae oblongatae.

100. 14. XII. M. 24. Sarc. hämorrh. cystic. abdominis (post sarcoma testis sin). Sarcomata medullaria pulmonum.

Unter diesen 100 Fällen ist das männliche Geschlecht 56 mal, das weibliche 40 mal von Sarkomen befallen. In 4 Fällen ist das Geschlecht nicht, in zweien davon auch das Alter nicht angegeben. Ein Knabe von 11 Jahren ist der jüngste der Erkrankten. Im Alter von 10—20 Jahren tritt das Sarkom 4 mal beim männlichen, 1 mal beim weiblichen Geschlechte auf; von 20—30 Jahren bei 12 Männern, 4 Weibern; 30—40 J. 10 M., 5 W.; 40—50 J. 4 M., 8 W.; 50—60 J. 6 M., 9 W.; 60—70 J. 6 M., 1 W. Bei 14 Männern und 12 Weibern war das Alter nicht bekannt. Zu dieser Zusammenstellung ist zu bemerken, dass von den 12 Männern von 20—30 Jahren neun 25 Jahre und darunter sind. Es geht daraus hervor, dass für die Männer das Lebensalter, wo sie anfangen, für die Weiber das, wo sie aufhören, es wirklich zu sein, also eine Zeit, wo die Gewebe durch neue Bildungs- und Rückbildungsvorgänge in einen Zustand von Vulnerabilität gesetzt werden, das gefährlichste ist. Die Geschlechtsorgane selbst, die doch diese Umbildung in nicht geringem Maasse trifft, sind auffallend selten Sitz des Sarkoms, da nur ein Mann von 20—30, kein Weib vor 40 Jahren mit Sarkombildung dieser Organe in der Zusammenstellung vorkommt. Dies ist um so auffallender, als sie, wie wir sehen werden, mit zu den bevorzugten Sitzen des Sarkoms gehören.

Was nun diesen Sitz der Sarkome anbetrifft, so ist es in einigen Fällen, besonders bei Lympho- und zuweilen auch bei Osteosarcomen, schwierig, den Ursprung der primären Geschwulst festzustellen. Doch habe ich dies in den betreffenden Fällen mit möglichster Genauigkeit durchzuführen· versucht, um durch eine Zusammenstellung die am häufigsten befallenen Organe und Orte zu ermitteln.

Am zahlreichsten sind die Sarkome des Gehirns, Rückenmarks und seiner Häute 38. Davon kommen 25 (mit Einschluss von 4 allgemein als Sarcoma cerebri bezeichneten) auf das Grosshirn; 3 auf das Kleinhirn; 5 auf die Dura, 3 auf die Pia mater, wovon je eins mater spinalis; und 2 auf die medulla spinalis.

Nächst diesen treten am häufigsten die Mediastinalsarkome mit 6 auf. Dann folgt das Auge mit 5 melanotischen Sarkomen, während die Orbita von je einem Osteo- und Gliosarkom befallen ist. Demnächst sind die Geschlechtsorgane häufig Ausgangspunkt dieser Neubildung und zwar testes und ovarium 4mal, der uterus 3mal. Der Hals und Obenschenkel, von gleichem Umfang, auch beide 4mal Ursprungsort; das Herz 3mal, die verschiedenen Lymphdrüsen 5mal. Die Schilddrüse, humerus und Wirbelsäule 2mal, eben so oft die regio lumbalis. Cutis, calvaria, maxilla superior et inferior, os ethmoid., sternum, scapula, regio ischia, tibia, tarsus, tela retroperitonealis, Fascie der Bauchwand, ren und Tonsille je 1mal. Dass die mamma hier als Ausgangspunkt des Sarkoms gar nicht vorkommt, hat nicht in ihrem seltenen Befallensein den Grund, sondern wohl darin, dass diese Sarkome meist frühzeitig operirt werden — denn es finden sich zahlreiche exstirpirte Sarcomata mammae in der Sammlung des pathologischen Instituts — und ist beiläufig wohl gerade ein Beweis, wie günstige Resultate durch frühzeitige Exstirpation erreicht werden können.

Dieser verschiedene Sitz der Sarkome ist keineswegs gleichgültig, da er allein ohne Rücksicht auf die Malignität Anlass zu operativem Eingreifen geben kann, wie bei Sarkomen der Kiefer, aber auch sonst ist er besonders bei grösseren S. von nicht geringer Bedeutung.

Sie können durch Dislocation und Compression wichtiger Organe nachtheilig wirken (No. 83 dislocatio et compressio hepatis). Grössere Gefahren bedingen z. B. die grossen Sarkome des Mediastinums, die durch Compression der Luftwege schon durch dieses Moment zum lethalen Ausgang führen können, wie No. 75 zeigt, wo die Compression der trachea und des rechten bronchus die Todesursache war. Thrombosen der grösseren Venen, wie cava sup. (No. 38), Stenosen des Darms, Hydronephrose durch Druck auf den Ureter (No. 90), Compressionen des Rückenmarks, der Nerven im kleinen Becken, Lähmungen in Folge davon, Perforation in die Schädelhöhle mit nachfolgender Meningitis (66) u. s. w., sind die Nachtheile, die der Sitz des Sarkoms mit sich führen kann. Im Uebrigen sind die durch Sarkome bedingten Störungen, so lange eben keine nothwendigen Passagen verlegt werden, unbedeutend, da sie ein verhältnissmässig langsames Wachsthum, keine specifische Schmerzhaftigkeit und Kachexie haben, und auch selten durch grössere Hämorrhagien oder Ulcerationen schnellen Kräfteverlust bedingen.

Dies gilt jedoch nur für das erste Stadium, für dessen Verlauf der Sitz des S. in höherem Grade massgebend ist, so lange sie noch in sich selber wachsen und durch Scheidewände, Fascien, Gewebs- oder Knochenscheiden gehindert werden, sich weiter auszubreiten. Doch wehe wenn sie losgelassen, wachsend ohne Widerstand die Scheidewand durchbrochen haben, und die Infection nach allen Seiten tragen. Dann treten sie in das zweite Stadium, in welchem sie unter scheinbarer Aenderung ihres Characters, je nach ihrer Fähigkeit ihre grössere oder geringere Bösartigkeit äussern. Und zwar geschieht dies in der Metastasenbildung, so dass man die Sarkome als die bösartigsten betrachtet, die die meisten Metastasen bilden. Sehen wir deshalb zu, wie sich dies Verhältniss für die einzelnen Arten in unserer Zusammenstellung stellt.

In den Sectionsprotocollen sind von den 100 Sarkomen 32 genauer unterschieden in 3 Fibrosarkome, 9 Myxosarkome, 8 Gliosarkome, 6 Melano- und 8 Osteosarkome. Wenn wir das Verhältniss der Metastasen zu der Anzahl der betreffenden S. durch Brüche ausdrücken, so folgen in der Scala der Malignität auf die Melanosen mit $^6/_6$, die Osteosarkome mit $^6/_8$, darauf die Myxo- und Fibrosarkome mit $^3/_9$ und $^1/_3$, zuletzt die Gliosarkome mit $^1/_8$. Dabei ist jedoch zu bemerken, dass das Verhältniss der Myxosarkome durch 5 Gehirnsarkome, von denen überhaupt keine Metastasen bekannt, gebessert wird, und von den 8 Gliosarkomen, mit Ausnahme eines der Orbita, welches in der Leber besonders grosse Metastasen gebildet hat, alle dem Gehirn angehören. Die Osteosarkome zeigen die Eigenthümlichkeit, dass sie ihre Metastasen, abgesehen von verschiedenen Knochenmetastasen, von inneren Organen nur in die Lungen schicken.

Die Angabe, aus was für Zellen die betreffenden Sarkome bestehen, findet sich nur in 9 Fällen, so dass man daraus keinen Schluss über das Verhalten der einzelnen Sarkome, je nach Art der Zellen, machen kann. Es sind 3 fusicellulare, 3 globo-, 2 parvi- und 3 gigantocellulare, davon 2 mit 2 Arten Zellen. Dagegen wiederholen sich andere Angaben häufiger, z. B. die Bezeichnung medullare 7 mal, von diesen haben nur 3 Metastasen gebildet, obwohl nur ein Hirnsarkom darunter ist, also nur die Hälfte. Der Gefässreichthum vermehrt die Bösartigkeit, denn unter 4 telangiectatischen und einem angiomatösen findet sich nur eins und dies ein Hirnsarkom ohne Metastase.

Die Bedeutung der Cystenbildung ist nicht ganz klar. Zunächst muss man scharf zwischen Sarcoma cysticum und Cystosarcoma unterscheiden, indem die erstere Bezeichnung einen Vorgang im Innern des Sarkoms bedeutet, der bei jedem, besonders aber bei weicheren Sarkomen vorkommen kann, wenn im Innern derselben eine Erweichung (ihres harten Sinns, die aber keineswegs den Frieden, d. h. einen Stillstand der

Wucherung anzeigt) zu Stande kommt, und die entstandenen Höhlen sich mit Flüssigkeit füllen, während Cystosarkom heisst, dass das Sarkom in einem praeexistirenden Hohlraum, den es freilich dann noch erweitert haben kann, entstanden ist; es ist also dazu nothwendig, dass dieser mit einer Membran ausgekleidet ist, was bei den Sarcomat. cysticis nicht der Fall ist. Man könnte nun annehmen, dass diese Membran als Scheidewand wirken und dass die Cystosarkome sich demnach den Sarcomat. cysticis gegenüber relativ gutartig verhalten müssten, zumal die Cystenbildung dieser immer ein Zerfall begleitet, der, als einem bösartigeren Stadium angehörend, die Metastasenbildung begünstigt. Die statistischen Zahlen unserer Zusammenstellung scheinen aber für das Gegentheil zu sprechen, denn von 12 Sarcomat. cysticis, darunter 6 Hirnsarkomen, haben nur 2 Metastasen gebildet, während von 7 Cystosarkomen mit 2 Hirnsarkomen 3 Metastasen gebildet haben. Auf beiden Seiten befinden sich noch je zwei Sarkome des Ovarium, welche zugleich die Gesammtzahl der Ovariensarkome bilden, alle vier ohne sarkomatöse Metastasen, nur in einem Falle haben sich zahlreiche Krebsknoten auf der ganzen Serosa gebildet. Es scheint danach, als ob die Ovariensarkome eine ziemlich günstige Prognose stellen liessen, wenn wir aber den Grund dafür suchen, so ersehen wir, dass die schwersten Zufälle anderer Art es gar nicht erst zur Bildung von Metastasen haben kommen lassen, denn selbst in dem Falle mit Krebsknoten kommt noch eine Perforation des Coecums, Thrombose der Iliaca communis mit Oedem beider unteren Extrimitäten hinzu. In einem zweiten ist nur eine entsprechende rechtsseitige Hydronephrose verzeichnet. Im dritten ist der Tumor bei grosser Macies der Person gangränescirend geworden und communicirt mit dem rectum. Im vierten ist eine hämorrhagische Peritonitis zu prolapsus uteri, endometritis, perimetritis, Induration des andern Ovariums und Nephritis apostematosa hinzugetreten.

Wenn schon hämorrhagische Sarkome eine besondere Neigung zum Metastasiren haben, da unter 14 solchen, wovon 6 Hirnsarkome 6 Metastasen gebildet haben, d. h. ausser den Hirnsarkomen nur 2 ohne dieselben geblieben, steigt dies Verhältniss, wenn, wie dies oft geschieht, die Haemorrhagie in Ulceration übergeht, denn unter 6 ulcerösen ist nur 1 und dieses dem Ovarium angehörig ohne Metastasen.

Noch ungünstiger stellt sich das Verhältniss bei den Lymphosarkomen. Unter 13 ist nur eins ohne Metastasen, bei dem ausdrücklich bemerkt ist, ohne irgend welche Metastase entfernterer oder näherer Organe. Die Lymphosarkome nehmen überhaupt eine eigene Stellung ein. Sie haben sich das jüngere Alter erwählt. In der Zusammenstellung finden sich 9 Männer, 3 Weiber und ein Unbestimmter zusammen, von denen nur ein Mann 44, die andern 18—37 Jahre alt sind. Die ganze Erkrankung zeigt einen anderen Charakter. Während sonst die Sarkome meist eine ganz bestimmte einzelne Localität als Ursprungsort erkennen lassen und die Lymphdrüsen selbst in den Metastasen verschonen, ist bei den Lymphosarkomen gewöhnlich eine

ganze Gruppe von Drüsen — gewöhnlich die Hals-
drüsen unter den verzeichneten Fällen 6 mal, — 1 mal
die Inguinaldrüsen primär oder das Mediastinum und
die mediastinalen Drüsen (6 mal) befallen. Dazu ge-
sellt sich, was bei den übrigen Sarkomen selten ist,
ein Allgemeinleiden, das besonders häufig (3 mal unter
13 Fällen) durch Erkrankungen der Milz angedeutet
wird, als Hyperplasie, indem sich hyperplastische
Knoten bilden, oder amyloide Entartung (3 mal) der
Milz, Nieren und Gefässe, oder in einem Falle geradezu
als Leukämie. Auch haben die Lymphosarkome besondere Neigung zu Complicationen seröser Art wie
Anasarka, Hydrothorax, Pericarditis, Pleuritis, oder es
kommt zu ausgedehnten Phlegmoneen, besonders der
Extremitäten. Auch die Metastasen befallen gerade
wieder die Lymphdrüsen und die Milz fast allein;
häufig statt der Leber und Milz ihre portalen Lymphdrüsen. Dann zeigt sich öfters als Eigenthümlichkeit
der Lymphosarkommetastasen, dass sie die Organe in
ihrem ganzen Parenchym diffus infiltriren und damit,
wie sonst nur Osteo- und Melanosarkome thun, bis in
das Mark der Knochen vordringen, so dass die Lymphosarkome auch hierin ihre besondere Bösartigkeit zeigen,
und sie darin selbst die carcinomatösen übertreffen —
wie ja auch eins von ihnen carcinomatös geworden
ist — da sich unter den 4 aufgeführten ein Fall ohne
Metastasen befindet.

Bevor wir uns nun zur Besprechung der Infection
und Metastasenbildung wenden, müssen wir einer Classe
von Sarkomen gedenken, bei denen der besondere Ein-

fluss, den die Localität auf den Charakter der verschiedenen Arten ausübt, am meisten hervortritt. Sie bilden in der That eine besondere Kaste, da einestheils von einer Metastasenbildung ihrerseits nichts bekannt geworden, andererseits die vor operativen Eingriffen gesicherte Position, die sie eingenommen, sie ungestört oft unbemerkt langsam, aber sicher ihr Zerstörungswerk vollenden lässt. Das männliche Geschlecht scheint vielleicht in Folge seines etwas grösseren Gehirns etwas von ihnen bevorzugt zu sein. Es sind unter den 38 Fällen 21 Männer, 15 Weiber, 2 unbestimmten Geschlechts. Sie fangen schon im frühesten sarkomfähigen Alter an, da der jüngste Fall unserer Sammlung mit 11 Jahren dazu gehört, und sind in allen Lebensaltern ziemlich gleichmässig vertreten (Durchschnitt 3), nur das Mannesalter von 50—60 häufiger (6 mal). Sie kommen als 24 nicht näher bezeichnete, 7 Glio-, 5 Myxo- und 2 Fibrosarcome vor und richten die mannigfachsten Verheerungen im Gehirn an, indem sie andere Theile aus ihren rechtmässigen Sitzen verdrängen. Jedoch geschieht dies so allmählich, dass sie dies lange Zeit unbemerkt können, bis sich bei Lebzeiten des Besitzers Reizerscheinungen einstellen und zuweilen Veränderungen auf der Retina, namentlich Apoplexien nachweisen lassen, bei der Section: namentlich gelbe, periphere und circumscripte Erweichung, durch Druck auf die Nachbartheile Atrophie des Schädels, der Nerven und Gehirntheile, oder Compression einzelner gyri oder der ganzen Hemisphären, die Asymmetrien veranlasst. Mit der Erweichung ist oft Hydrocephalus internus und Cystenbildung verbunden, da die entstandenen Hohlräume sich gern mit Flüssigkeit füllen; und endlich Pachymeningitis und Encephalitis. Zu Blutergüssen scheint es bei diesen Vorgängen seltener zu kommen, da sich, obwohl 5 hämorrhagische, ein teleangiectatisches und ein vasculöses Hirnsarkom finden, nur einmal eine letale Hämorrhagia pontis erwähnt ist.

Trotz dieser vielfachen Veränderungen an Nachbartheilen, bilden die Hirnsarkome doch keine Metastasen im eigentlichen Sinne, sondern bleiben theils ganz isolirt, theils erheben sie sich bis zur Bildung accessorischer Knoten, haben also nur eine beschränkte Bösartigkeit. Dies Verhalten erklärt sich vielleicht aus der Abwesenheit der Lymphgefässe im Gehirn, und dann aus der besonders derben Beschaffenheit der Hirnhäute.

In einem eigenthümlichen Zusammenhange scheinen die Hirnsarkome mit Lungenaffectionen zu stehen, denn es finden sich unter den 38 Fällen 17 mit Lungencomplication, die oft (12 mal) causa mortis geworden ist, davon 6 Pneumonien 4 mal tödtlich, 3 Bronchopneumonien 2 mal tödtlich, 3 Pleuritiden, 6 Bronchitiden 2 mal Todesursache und 6 mal Oedema pulmonum.

Der Herzcomplicationen sind weniger, nämlich 10. 4 Endocarditiden mit 2 tödtlichen, 2 mal Hypertrophie und 5 mal Atrophie, einmal Incontinenz und einmal Ekchymosen am Perikard.

Die Nieren sind gleichfalls häufiger als andere Organe betheiligt, nämlich 8 mal, meist atrophisch oder hyperämisch, die Blase 4 mal, 2 mal diphtheritisch und 2 mal ist der musculus vesicae urinariae hypertrophisch.

Wir kommen nun zu einem wichtigen Punkte der Infectionsfähigkeit der Sarkome. Die Sarkome wachsen oft lange Zeit wie andere gutartige Geschwülste local, und wachsen besonders an Stellen, wo ihre Ernährung günstig ist, da sie viel lebenskräftiger und daher zum Zerfalle weniger geneigt sind als andere Neubildungen, oft zu kolossaler Grösse an, z. B. im Mediastinum, wo sie sich in der ersten Zeit durch Verdrängung, ohne auf benachbarte Organe überzugreifen, den nöthigen Platz machen können. Ueberhaupt begünstigen alle Umstände, welche ihre Trennung von der Nachbarschaft bewirken, Knorpel, fibröse Häute, besonders die Sclerotica bei intraoculären Sarkomen, die elastische Lage der Beinhaut und die elastischen Schichten der cutis ihre solitäre Entwickelung. Erst nach längerer Zeit werden diese Hindernisse überwunden — als diagnostisches Zeichen für dieses Stadium dient die beginnende Adhaerenz der cutis an die Geschwulst — und es beginnt dann die Infection um so schneller.

Wie diese zu Stande kommt, ob durch einen ganz besonderen Saft oder durch fortgeführte oder wandernde Zellen oder durch beide ist schwer zu entscheiden, jedenfalls sind dann diese inficirenden Zellen nicht als Ausgangspunkte, sondern als Erreger der neuen Bildungen zu denken, die ihre Wirksamkeit erst dann entfalten, wenn sie ein für die Infection prädisponirtes Gewebe finden; auch die Wege der Infection sind nicht immer mit Sicherheit zu verfolgen, doch können wir als möglich vier verschiedene aufstellen.

1. Durch Ansteckung der Nachbarschaft mit dem Miasma, wo sich dann in geringer Entfernung, aber durch einen Zwischenraum normalen Gewebes getrennte, accessorische Knoten bilden.

2. Auf dem Wege der Lymphströmung in die nächsten Lymphdrüsen. Wenn auch gerade bei den Sarkomen die nächsten Lymphdrüsen von Metastasen frei bleiben, so ist aus diesem Umstande noch nicht zu schliessen, dass das Seminium sie nicht passirt hat; es wäre ja möglich, dass die Sarkomkeime oder die inficirende Flüssigkeit eine gewisse Zeit (Incubationsstadium) brauchen, bevor sie infectionsfähig werden, und vor diesem Stadium die Lymphdrüsen ohne Metastasen zu bilden, passiren können, oder sie finden anders wie andere Geschwülste gerade in den Lymphdrüsen nicht den geeigneten Mutterboden für ihre Entwickelung.

3. Eine dritte Möglichkeit ist die, dass Theile der Geschwulst in die Höhlen und Kanäle des Körpers durchbrechen, und sich frei in dieselben entleeren wie an der Pleura und dem Peritonaeum.

4. Kommt zweifellos eine Infection auf dem Wege der Blutcirculation durch die Venen zu Stande.

Sehen wir zu, wie sich die Infection besonders in der Metastasenbildung in dem gesammelten Material äussert.

Gar keine Metastasen haben zwei primäre Sarkome

des Myocard's gebildet, ausserdem die schon genannten Ovariensarkome.

Die cutis ist 3 mal von Metastasen ergriffen, 2 davon melanotische; die tela subcutanea 2 mal; musculi et ossa 9 mal; ausserdem sind einzeln genannt, das femur 2 mal, basis cranii, tibia, os frontis, zygomaticum und maxilla superior, ferner die ossa parietalia 2 mal; die columna vertebralis und einzelnen Wirbel 7 mal; os ilei et sacri 1 mal; das sternum 4 mal; die Rippen 6 mal; humeri, clavicula und os cubitale je 1 mal.

Wenn diese Metastasen auch meist von Sarkomen der Knochen herrühren, so haben sich doch auch die Lymphosarkome des Halses und der Brust einmal als accessorische Infection die Niere, einmal auch in einem sehr bösartigen Sarkom die Tonsille, und ein Melano-sarkom daran betheiligt.

Das cor ist 6 mal befallen darunter 3 melanotische Metastasen; die glandula thyreoidea 8 mal; die glan-dulae lymphaticae 20 mal; es zeigt sich auffällig dabei, dass diese letzten Metastasen fast nur Drüsensarkomen angehören und in den andern Fällen wie z. B. maxilla superior und ren mehr durch directes Uebergreifen als durch die Lymphströmung sich gebildet zu haben scheinen, natürlich mit Ausnahme der Melanosen, die eben fast überall Metastasen machen. Der Larynx ist einmal, die Trachea 2 mal ergriffen. An den 24 Me-tastasen der Lungen betheiligen sich alle Sarkome ziemlich gleichmässig. Die Pleura ist nur 12 mal; 5 mal allein ergriffen, darunter 3 Mediastinalsarkome; das Mediastinum 2 mal; die Niere 7 mal; die Nebenniere

4 mal; die Harnblase 2 mal; die prostata 2 mal; uterus ovarium, testis, labium maius je 1 mal. Die Leber zeigt 16 mal zuweilen sehr grosse metastatische Knoten; die Gallenblase 3 mal bei melanotischen Sarkomen, was in 2 Fällen Icterus hervorrief. Die Milz war 6 mal; 4 mal bei Lymphosarkomen, 2 mal bei melanotischen, der Digestionsapparat 13 mal, unter den einzelnen Theilen am häufigsten das Pancreas 4 mal, das Cerebrum und die Dura mater 2 mal, die Medulla spinalis 1 mal Sitz von Metastasen. Eine Metastase der Dura mater entstand durch Uebergreifen vom Oberkiefer, die übrigen bei melanotischen Sarkomen.

In einem Fall von Sarkom des Tarsus fanden sich neben anderen Metastasen Krebsknoten am Diaphragma; ebenso ohne jede andere Metastase bei einem Sarcoma ovarii. Ob man diese Krebsknoten als Complication mit dem Sarkom oder als Uebergang von Sarkom zum Krebs auffassen soll, lasse ich dahingestellt, und führe statt dessen einige andere besonders häufige Complicationen zu Sarkomen an. Von diesen sind die Lungenaffectionen zu nennen, die beinahe in $\frac{2}{3}$ aller Fälle vorhanden waren; von diesen $\frac{2}{3}$ kommt nur $\frac{1}{3}$, also $\frac{2}{9}$ aller Fälle auf Metastasen in den Lungen. Die häufigste ist die Pneumonie, 21 Mal.

Nächst den Lungen ist das Herz auffallend oft erkrankt, nämlich in 36 Fällen, meist endocarditisch oder atrophisch. Thrombosen sind 9; Anämie, Macies 3 mal, Marasmus und Oedeme 2 mal verzeichnet, viel seltener also, als bei anderen bösartigen Geschwulstformen.

Um zu zeigen, wie man an Sarkom stirbt, führe ich die genauer bezeichneten Todesursachen an, und zwar: Lungenödem 10 mal, Pneumonie 8 mal, Bronchopneumonie 3 mal, Peribronchitis 1 mal, Pleuritis 3 mal, Pleuropericarditis 1 mal. Compressio tracheae 2 mal, compressio pulmonis 1 mal, depressio cerebri 1 mal, Meningitis 2 mal, peritonitis 4 mal. Enteritis 3 mal, pyelonephritis 1 mal. Pyaemia 1 mal, Haemorrhagia pontis 1 mal, Operation 3 mal.

Operationen wurden überhaupt nach den Sectionsprotokollen 10 versucht, und zwar 3 mal der Bulbus exstirpirt wegen Sarcoma melanoticum, 1 mal ein äusserst bösartiges Gliosarkom der Orbita; 2 mal der Hoden. 1 mal der Oberarm und 1 mal der Oberschenkel amputirt, 1 Sarkom aus der regio colli, eins aus der Lumbalgegend entfernt, was in letzterem Falle eine letale jauchige Peritonitis zur Folge hatte. Ausserdem ist die Operation noch 2 mal als causa mortis angegeben. Die operirten Fälle betrafen fast sämmtlich die bösartigsten Sarkomformen: 3 Melano-, 1 Glio-, 1 Osteo-, 1 Lympho-, 2 Medullar-Sarkome und 1 Cystosarkom.

Von Recidiven sind nur 2 Fälle erwähnt.

Wenn wir uns nun nach dem Vorhergehenden fragen, welche Sarkome die ungünstigste Prognose geben, so sehen wir, dass wie bei Unkraut nicht nur der Ort und der gute Boden, der das Emporwuchern begünstigt, sondern auch die Art der Wucherpflanze und ihre Vermehrungsfähigkeit für den Schaden massgebend ist, so auch bei den Sarkomen weder der Entstehungsort im

Körper noch ihre Art noch auch ihre Fähigkeit, Metastasen zu bilden, allein es ist, wonach wir die Prognose stellen können, sondern dass ihre Gefährlichkeit für jeden einzelnen Fall sich aus dem Verhältniss dieser drei Momente zusammensetzt.

Soviel aber kann man als feststehend annehmen, dass die saftreichsten d. i. zellenreichsten Sarkome an den zellenreichsten Orten am bösartigsten sind, und dass man, da die Sarkome spontan nicht heilen, und es andere erfolgreiche Mittel als die Operation nicht giebt, auf alle Fälle an der Ansicht festhalten muss:

„Ceterum censeo, sarcomata esse exstirpanda."

Zum Schlusse meiner Arbeit erfülle ich die angenehme Pflicht, meinem verehrten Lehrer, Herrn Professor Virchow für die Freundlichkeit, mit der er mir das zur Arbeit erforderliche Material zur Verfügung stellte und mit seinem Rathe zur Seite stand, aufrichtig zu danken.

THESEN.

I.

Pneumonie ist eine Infectionskrankheit.

II.

Ein normales Ei kann aus einem gesunden normalen Uterus durch innere Mittel mit Sicherheit nicht
ausgetrieben werden.

III.

Erkältung kann fast nie als Ursache von Krank-
heiten angesehen werden.

Verfasser, Bruno Stort, wurde am 27. October 1851 in Berlin
geboren und in der evangelischen Confession erzogen. Er erhielt
seine Vorbildung auf dem hiesigen Friedrichs-Gymnasium, das
er im August 1870 mit dem Zeugnisse der Reife verliess. Er
machte darauf als Einjährig-Freiwilliger bei der ersten schweren
Batterie des Garde-Feld-Artillerie-Regiments den Feldzug gegen
Frankreich mit. Michaelis 1871 wurde er an der Friedrich-Wilhelms-Universität zu Berlin unter dem Rectorate des Geheim-
raths Bruns immatriculirt und blieb daselbst bei der medicini-
schen Facultät drei Semester. Im Sommer 1873 ging er nach
Würzburg, Michaelis 1875 nach abgelegtem Tentamen physicum
kehrte er wieder nach seiner Vaterstadt zurück. Hier bestand
er am 27. Februar das Examen rigorosum.

Seinen Lehrern zu Berlin und Würzburg: Bardeleben,
du Bois-Reymond, Bose, Braun, Cohnstein, Ewald, Fick, Fränkel,
Fräntzel, Frerichs, Gurlt, Hartmann, Helmholtz, Henoch, Hirsch-
berg, Hofmann, Jürgens, v. Kölliker, v. Langenbeck, Lewin,
Liebreich, v. Linhart, Meyer, Orth, Reichert, Salomon, Schröder,
Schweigger, Senator, Virchow, Waldenburg, Westphal, Wieders-
heim, sowie den Universitäten bewahrt er ein dankbares An-
denken.